AF217222

An mein geliebtes
Phantom der Oper

1

Mio Nanao

Literarische Vorlage:
Das Phantom der Oper
von Gaston Leroux

TOKYOPOP®

INHALT

... sein
Glück
fand.

1. Akt »Engel der Musik«

Literarische
Vorlage: *Das Phantom
der Oper* von Gaston
Leroux

An mein geliebtes
Phantom der Oper

Einst
lebte in der
Oper ein
Phantom.

Dieses Phantom hatte einzigartige Talente.

Doch es war keineswegs so furchterregend, wie alle glaubten.

Es war ein begnadeter Zauberkünstler.

Wie toll!

Besonders im Bauchreden kam ihm niemand gleich.

Kicher

Ja, es war wahrhaftig wie Magie.

Das ist die Geschichte, wie das Phantom zu seinem Glück fand.

Ende des 19. Jahrhunderts, Paris

Ritsch

Rums

Gedränge

Entschuldige, Tante, ich muss gehen.

Gib den Beu-
tel zu-
rück!

Darin
ist ...

Warte!

Aus
dem
Weg
...!

Zur
Sei-
te!

Schnapp

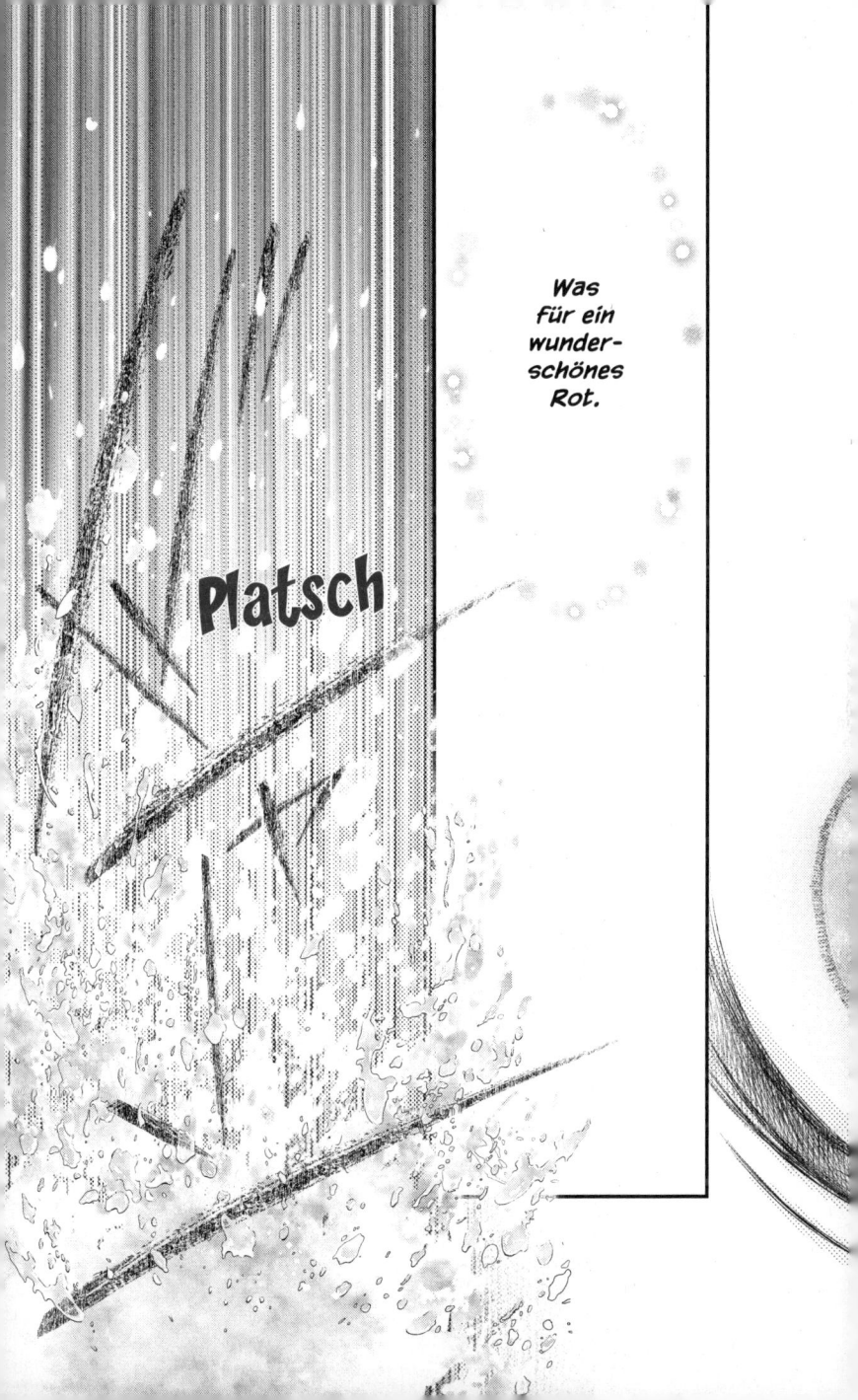

Was
für ein
wunder-
schönes
Rot.

Platsch

Ach, richtig, das Foto ...!

Oh!

Was könnte so Wichtiges darin sein ...

... dass du ohne Zaudern hinterherspringst?

Es ist zwar feucht geworden, aber das trocknet wieder.

Ein Glück!

Es ist unversehrt!

Das ist mein einziges Foto mit Papa.

Der Geiger Daaé ...

Ich bin so froh!

Wie ich hörte, verstarb er vor einem Jahr.

Man nannte ihn den besten Geiger von Skandinavien.

Ach so.

Nun, Papa war ein recht berühmter Musiker.

Du kennst meinen Vater?!

Ja, er war krank.

Das Foto ist eine Erinnerung an glücklichere Zeiten.

Nicht persönlich.

Und wie lautet dein Name?

...

Wie soll ich dich dann ansprechen, wenn wir uns das nächste Mal sehen?

Deinen Namen kannst du mir doch sagen!

Wie?!

Ich brauche weder Dank, noch möchte ich dir meinen Namen sagen.

Es wird kein nächstes Mal geben, und andernfalls werde ich dich ignorieren.

Nein.

Wir werden uns wohl ohnehin nie wiedersehen.

Wie gemein!

Wuah

»Die Loge Nr. 5 darf nicht benutzt werden!«

Was ist denn hier los?

Klack

Kreeeisch

Du kannst wirklich gut Grimassen schneiden!

Ach was, ha ha!

Meg hat uns gerade von P. erzählt!

Willkommen zurück, Christine!

Nacht für Nacht geht er im Kellergewölbe der Oper um und spielt ein Requiem an sich selbst.

Das Phantom soll der Geist eines zu Unrecht hingerichteten Musikers sein.

... des Nachts in den Spiegel, erscheint dort ein Mann im Umhang.

Es heißt, schaut man im westlichen Probenraum ...

Manchmal sind angeblich aus der Tiefe der Erde Klavierklänge zu hören.

Sei doch nicht so!

Ich bin eben Realistin!

Du hast keine Fantasie!

Na los, sonst kommen wir zu spät zur Probe.

Hört mal ...

Geister schreiben keine Musik.

Diese Gerüchte dienen den Leuten doch nur zur Unterhaltung.

Entschuldi-ge. Danke fürs War-ten!

Wir haben doch auf dich gewar-tet.

Was geht hier vor?

Tja ...

Diese Imperti-nenz!

Pamm

Murmel

Murmel

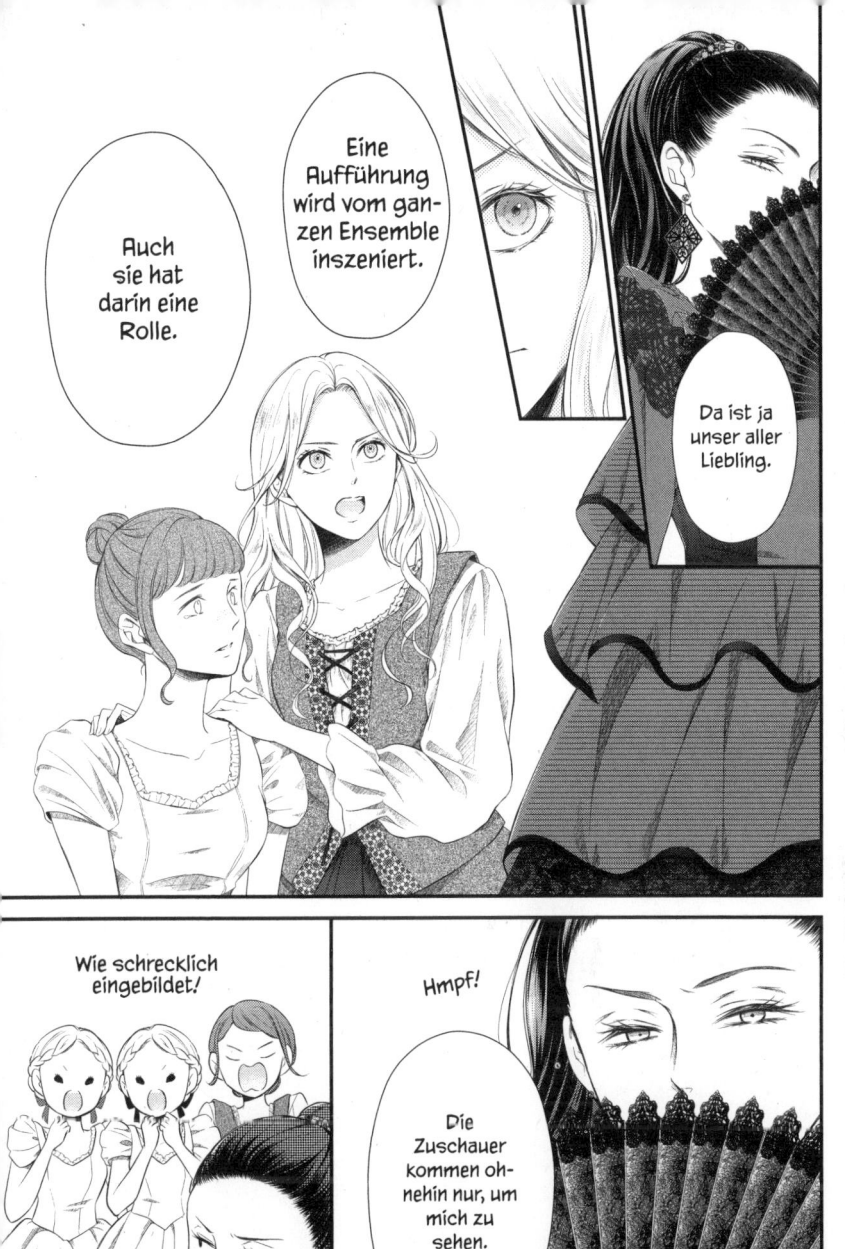

Glückt es euch, will ich mich entschuldigen.

Versucht, die morgige Aufführung ohne mich zu einem Erfolg zu machen!

!

Swipp

Na schön!

Wenn nicht ...

Seien Sie doch vernünftig ...

Ruhe, Direktor!

... werft ihr sie hinaus.

Und noch etwas ...

Kicher

Oh nein ...
Was soll ich nur tun?
Ich kann nicht als Primadon-na singen!
Jubel

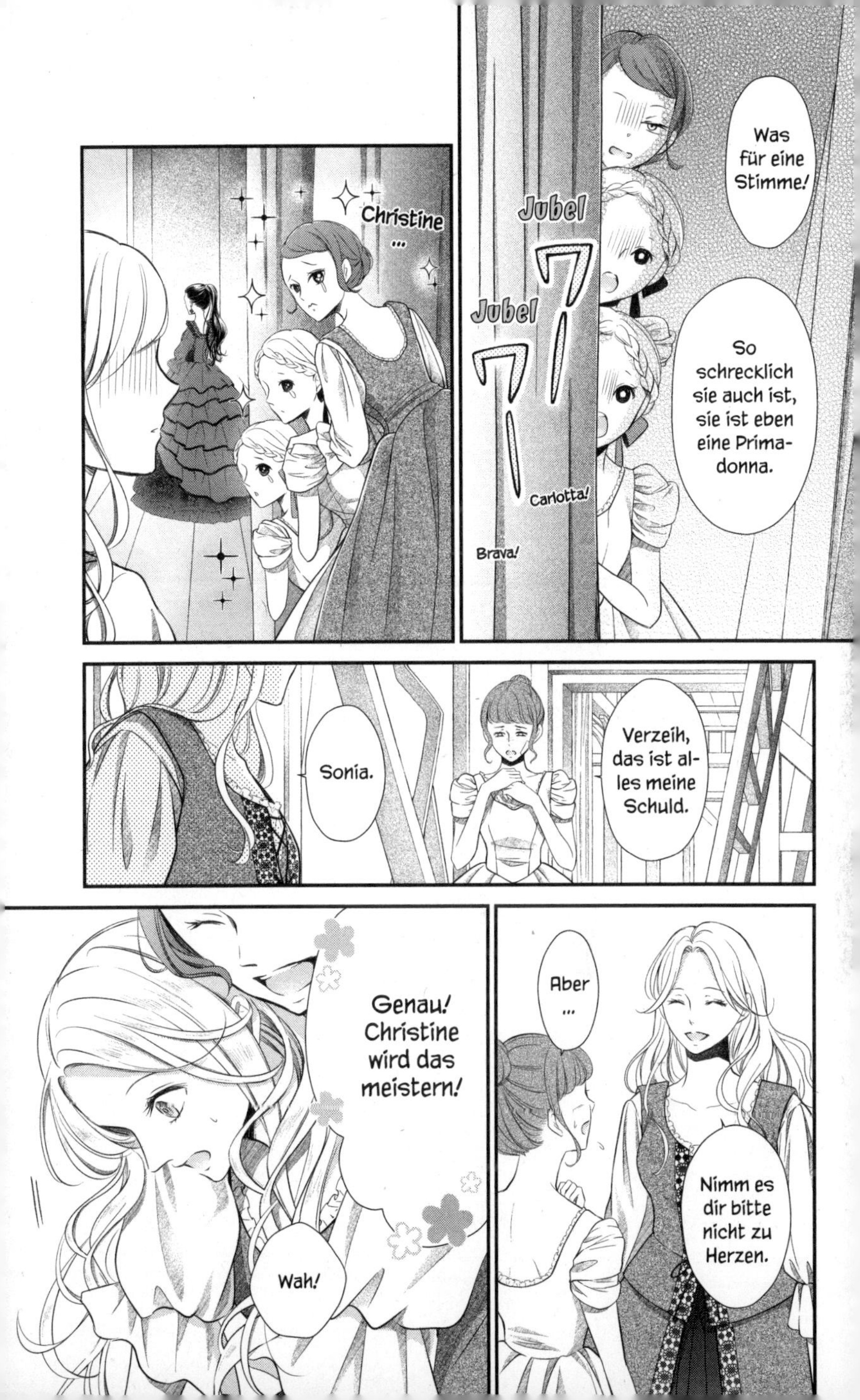

Christine
...

Was für eine Stimme!

Jubel
Jubel

Carlotta!

Brava!

So schrecklich sie auch ist, sie ist eben eine Prima-donna.

Sonia.

Verzeih, das ist al-les meine Schuld.

Genau! Christine wird das meistern!

Aber ...

Wah!

Nimm es dir bitte nicht zu Herzen.

Ich muss gehen. Ich danke dir!

Nun, Spaß beiseite.

Ich denke, das ist deine Chance.

Sonia!

Meg!

Misch dich da doch nicht ein!

Jemand wie du sollte nicht im Chor versauern, wie du es momentan tust.

Aber seit dem Tod deines Vaters vor einem Jahr hat dich der Mut verlassen.

Du warst die Beste an der Akademie und arbeitest auch im Ensemble härter als alle anderen.

Meg
...

Du solltest diese Gelegenheit ergreifen, um nach vorn zu sehen.

Du hast recht ...

Ja ... Ich werde mein Bestes geben.

?

Pling

Was hast du?

Ich dachte, da oben hätte etwas aufgeleuchtet.

Das ist doch Loge Nr. 5!

Beschäftigen dich die Gerüchte also doch?!

Tun sie nicht!

Nicht doch ...

Aber bei deinem Talent wird schon alles gut gehen.

Ha ha ... ha.

Hust
Hust
Hust

Tut mir leid, dass ich Carlotta nicht davon abhalten konnte.

Ich glaube nicht an die Gerüchte über den Geist.

Aber ich bin dem Phantom hier schon einmal begegnet.

Auch wenn ich mir nicht sicher bin, ob es tatsächlich das Phantom war.

Es war vor einem Jahr.

Kurz nach Papas Beerdigung.

Schluchz

Schluchz

Da geschah es.

Schluchz

Uuh...

Papa...

Schluchz

Fwupp

Ich wusste, dass wegen der Gerüchte abends niemand mehr dort sein würde.

Also habe ich hemmungslos geweint.

Doch als ich mich umdrehte, war dort niemand.

Wupp

In den Gerüchten muss ein Körnchen Wahrheit stecken.

Die Stimme eines Kindes?

Eines Mannes? Einer Frau?

Es klingt wie ein vielstimmiges Echo.

Was ist das?

Ja ...

Und doch höre ich diese rätselhafte Stimme.

Hier ist niemand.

Sie kommt aus diesem Hasen!

Klapp

Was ist denn?

Singst du nicht weiter?

Ganz ruhig, Christine.

Nein, unmöglich.

Und warum ausgerechnet ein Hase?

»Wenn ich im Himmel bin, will ich dir den Engel der Musik senden.«

In diesem Fall ist es höchstwahrscheinlich ...

Spielt mir jemand einen Streich?

... das Phantom.

Wapp

Was ist mit deinem Herzen?

Huch ...

Hast du mich getäuscht?

...

Oh, äh ...

Du hast so geschmollt, weil der Engel der Musik nicht erschienen ist, dass ich so getan habe, als wäre ich er.

Was?!

Verzeih, ich musste es einfach wissen ...

Aber mich aus deinem Versteck so aufzuziehen, ist doch auch gemein.

Wie ich hörte, sind diese Puppen beliebt, da sie angeblich Wünsche erfüllen ...

...

Und warum überhaupt ein Stoffhase?

Erröt

Ich hab gar nicht geschmollt!

Mhm.

Sieh doch mal, eine Engelspuppe!

Kein Interesse

Stimmt, Meg hat mal so etwas erwähnt ...

Pfft!

Ha ha ha!

U... Un-
glaublich
...

Folge
mir.

Wohin
gehen
wir?

Die Pas-
sage führt
zum Kanal
draußen.

Ich hätte
dich nicht hierher-
bringen sollen.

So sieht
es also hinter
dem Spiegel
aus?!

Ist das
eine Geheim-
passage?!

Kaum zu glauben, dass er das Phantom ist ...

...

Sag mal, war das vorhin Bauchreden?

So etwas Seltsames habe ich noch nie gehört!

Bist du etwa ein Zauberkünstler?

Und als mir der Beutel gestohlen wurde, hast du wie aus dem Nichts Tauben erscheinen lassen, um mir zu helfen.

Du stellst viele Fragen.

Wo hältst du dich sonst auf?

Dann gestatte mir nur eine.

Ich verabscheue Neugier.

Benutzt du immer diese Gänge?

Wie ist dein Name?

Da wir uns nun endlich kennengelernt haben ...

... kann ich dich doch nicht nur Phantom nennen.

...

Das ist die Frage, die du stellen möchtest?

Morgen wirst du anstelle von Carlotta auftreten, richtig?

Ah!

Lenkst du etwa ab?!

...

Du weißt davon?!

Ich weiß nahezu alles, was in dieser Oper vor sich geht.

Hör mir doch erst einmal zu.

Morgen ...

Wenn du deine Aufgabe als Primadonna meisterst, verrate ich dir meinen Namen.

Ha!

Ich klinge wirr, was?

Ich kann kein Solo singen und unmöglich Primadonna sein.

...

Ja, das war der Auslöser.

Ist das seit dem Tod deines Vaters so?

Ich weiß nur eins ...

Ich habe selbst keine Ahnung, was ich dagegen tun soll.

... waren wir uns näher als in alltäglichen Gesprächen.

Im Austausch über die Musik ...

... waren Papa und die Musik meine ganze Welt.

Seit ich denken kann ...

Bei dem Gedanken ergreift mich solch eine Beklommenheit, dass ich nicht mehr singen kann.

... zu meinem Gesang Musik spielte, ist nun fort.

Mein Papa, der immer lächelnd ...

Ich weiß wohl ...

... dass ich zu den Zuschauern singe und es nichts mit meinem Vater zu tun hat.

Und dennoch ...

68

Weil die Person fort ist, die es angenommen hat?

Hast du nicht nur Angst, dein Herz zu öffnen?

Ja ...

Fschh

Gleich kommt mein Solo-part.

Es läuft doch recht gut, oder?!

»Öffne furchtlos dein Herz ...

... und ich verspreche dir, alles an-zunehmen.«

Sst

Pling

Schreck

Er singt.

Huch!

Jubel

Klatsch

Klatsch

Klatsch

Klatsch

Wamm

Du hast es versprochen!

Verrate mir deinen Namen!

Wirst du dich daran halten?

Das werde ich!

... darfst du mir niemals nachspüren ...

... und ...

... niemandem erzählen, dass ich dich unterrichte.

Flapp

Und zu guter Letzt ...

... musst du mir eines schwören.

Wenn du ge-
lobst ...

... will ich
dir meinerseits
schwören, dich
zu einer überra-
genden Sängerin
zu machen.

... dein
Herz an nie-
manden außer
der Musik zu
verschenken
...

Einver-
standen.

Ich
schwöre
es dir.

Poff

Dann freue ich mich auf unsere Zusammenarbeit.

Meine
Primadonna
Christine.

Sein wuscheliges
Haar ist besonders
charmant.

Erik

... sind
wir hier
gelandet?

Christine.

Du hast doch vorgestern zuletzt den Probenraum benutzt.

Hast du das hier dort liegen lassen?

!

Oh, das ...

... befürchteten wir schon, jemand sei vom Phantom entführt worden.

Als wir die Puppe vor dem Spiegel gefunden haben ...

Allerdings! Machen dir die Gerüchte denn keine Angst?

Dass du es dort abends überhaupt allein aushältst!

Danke, dass ihr es mitgebracht habt!

Gern geschehen.

In eurer Vorstellung ist das Phantom ein richtiges Monster, was?

Aaaaaah!

Das Phantom hat ein Opfer gefordert?!

... dachten wir.

Das sind nichts als Gerüchte.

Niemand hat es je gesehen.

Das macht dir gar nichts aus, was?

Erstaunlich.

Dabei ist er in Wahrheit solch ein gütiger Mensch ...

Kicher

Lacht sie darüber?!

Außerdem weiß ich ...

... wie er wirklich ist.

Die anderen wären überrascht, wenn sie davon wüssten.

... aber selbst unter Schauspielern gibt es selten so schöne Menschen.

In der Tat wirkt er äußerst zwielichtig ...

Aber ich darf nicht über ihn reden.

Vor allem hat er mir die Musik zurückgebracht.

Auf bald!

Ah!

Schnipp

Puff!

Da fällt mir ein: Wo findet der Unterricht überhaupt statt?

Gestern ist er verschwunden, bevor ich fragen konnte.

Ich bin so glücklich, dass er mich unterrichten wird.

Für mich ist er mein Engel der Musik.

Hm ...?

Danke ...
Ach, Christine!
Du warst großartig gestern!
Dein Gesang!
Wirklich hervorragend ...
Dein Gesang.
Es war so ergreifend ...
Dein Gesang.
Sie loben nur meinen Gesang.

Christines **Gesang** ist zumindest hervorragend!

Genau, du kannst nicht mit ihrem **Gesang** mithalten!

Christines **Gesang** ist eindeutig besser als deiner!

Nein, nein!

Das ist mir schon bewusst ...

Bitte hört auf ... Ich fang gleich an zu weinen ...

Publikumsliebling

Wie kannst du es überhaupt wagen, zurückzukommen?

Ohne mich ist diese Oper doch verloren.

Der Direktor hat mich mit Kusshand empfangen.

Grmbl.

Du hast doch bisher nur für die Musik gelebt und keine Erfahrungen in der Liebe, hab ich recht?

Sag, Christine.

Ein geistloses Mädchen, das nie verliebt war ...

... wird jemanden wie mich niemals übertrumpfen.

Die Oper erzählt vom Leben.

Freude, Trauer, Wut, Hass.

Nun denn, adieu!

Es heißt, eine romantische Beziehung sei das Richtige, um solche Dinge zu lernen.

Aber so ist unsere Christine nun mal.

Herrje, wie steif.

Mir fehlen die Erfahrungen, um die emotionale Tiefe der Oper auszudrücken.

Himmel, sie nimmt wirklich kein Blatt vor den Mund!

Carlotta hat absolut recht.

Eine Einladung vom schmucken Bariton Sergio!

Du hast gestern wunderbar gesungen.

Würdest du heute Abend zum Abschluss mit mir essen gehen?

Ich lade dich ein.

Hör mal, du solltest ...

Hallo, Christine!

Danke, die nette Geste reicht mir schon.

Ach so?

Wie gefühllos!

Wie kannst du beim beliebtesten Sänger so abweisend sein?!

Hüpft da dein Herz nicht?!

Salut!

Dann bis bald!

Außerdem ist Sergio zu allen so freundlich.

Es wäre doch eher unangebracht, wenn ich solche Gedanken hätte, obwohl er keineswegs derlei Intentionen hat.

Was redet ihr? Er ist ein Ensemblemitglied und kein Freund.

... aus deinem tiefsten Inneren auf?

... wallen denn in dir nie Gefühle ...

Christine, sag ...

S... Soll heißen?

Bei etwas anderem als Musik oder deinem Vater, meinte ich.

D... Doch, natürlich!

Bekommst du manchmal Herzklopfen und willst jemanden unbedingt berühren?

Urgs!

Es ist hoffnungslos mit ihr.

Also wirklich ...

Alle sprechen so unverblümt.

Weg sind sie ...

Aber es ist schon etwas Wahres daran.

Ich sollte Erik beim Unterricht danach fragen.

Mach's gut.

Du solltest besser in der Kirche statt in der Oper singen.

Heey ...!

Flatter

Wah!

Schreck

Aber dafür muss ich ihn erst mal wiedersehen!!

Ruckedigu!

Was nun? Sollte ich es im Probenraum versuchen?

Bist du etwa die Taube von neulich?

Oh!

Ruckedigu!

W... Was?

Wie?

Hat die Taube mich erschreckt...!

Zupf

Zupf

Will sie etwa, dass ich ihr folge?

Klack

Gurr
Gurr

Wie?

Draußen vor dem Fenster?!

Der westliche Probenraum.

Paloma. Colomba. Pigeon.

Spanisch   Italienisch   Französisch

Danke, dass du mich herge-führt hast. Lasst uns Freunde sein!

Wie hei-ßen sie denn?

Es sind nun mal Tauben.

Worauf willst du hinaus?

Das heißt doch alles Taube!!

Nun denn.

Beginnen wir mit dem Un-terricht.

Hast du vorher noch Fra-gen?

Das Bild des mysteriö-sen Phantoms bekommt immer mehr Risse!

Natürlich hab ich die.

Fragen ...

Zum Beispiel, warum er nicht als Musiker auftritt.

Oder warum er sein Gesicht hinter einer Maske verbirgt.

Doch diese Fragen darf ich nicht stellen.

Aber zumindest die eine ...

Warum hast du zugestimmt, mein Lehrer zu werden?

Ich möchte dich nur eins fragen.

Und die Antwort auf meine Frage?

Verstehe. Dann lass uns beginnen.

Zudem werde ich nichts beantworten, was nicht die Musik betrifft.

Ich habe nie behauptet, dass ich antworten würde.

Was?!

... aber das lässt mir keine Ruhe ...

Ich habe dich zwar darum gebeten ...

Also, wir fangen an.

Hmpf!

Du bist wirklich ein Fiesling!

Deine Schauspielkünste sind miserabel.

Plong

Ich will ganz offen sein, Christine.

Das sagst du jetzt?!

Nun übertreibt er aber!

Auch wenn du bisher nur im Chor warst, ist es beeindruckend, wie weit du damit gekommen bist.

Aber es war trotzdem furchtbar.

Du hattest Glück, dass dir die Rolle und Lieder gestern lagen.

Ich weiß ...

Offen gesagt gab es sogar ein paar Szenen, in denen selbst ein Laie besser gewesen wäre.

Täuscht Brustschmerzen vor

?!

Hah! Hah!

Ach, das.

Du hast dich immerhin von meinem Schauspiel täuschen lassen, oder nicht?!

Selbst wenn es vorgetäuscht sein könnte ...

... erfüllt es mich natürlich mit Sorge, dich leiden zu sehen.

Du kannst
nur die Emo-
tionen gut aus-
drücken, die
du selbst auch
verstehst.

Genau
so ist
es ...

... ein
geistloses
Mädchen wie ich,
das nie verliebt
war, könne kei-
ne tiefsinnigen
Opern singen.

Erst heute
wurde mir
gesagt ...

Und ich bin
schrecklich
unerfahren.

Kommt
mir auch
so vor ...

Ich habe
keine Ahnung von
der Liebe
...

Worauf man sie richtet ...

... doch ...

... mit welchen Klängen man sie ausdrückt ...

... ich kenne Gefühle, die tief in der Seele brennen.

... das ist das Schauspiel in der Musik.

Erfahrungen sind nicht alles.

Entscheidend ist eine Technik, um die Intensität der Emotionen zu kontrollieren.

Je nachdem ...

... welchen Gefühlen man Ausdruck verleiht, kann sich ein Stück vollkommen verändern.

»Voi che sapete«, nicht wahr?

Natürlich kenne ich die.

... aus dem zweiten Akt von *Die Hochzeit des Figaro*?

Kennst du Cherubinos Arie ...

Grapp

Ich habe ein
Gefühl voll von
Verlangen ...

Ich seufze und
lamentiere ...

Ich stottre
und bebe ...

... ohne es
zu wollen.

... ohne
zu wissen,
warum.

... das manchmal
freudig und manchmal
quälend ist.

Bonjour!
Danke, dass du den ersten Band liest!

Etwa zu der Zeit, als ich am fünften Band von *Verliebt in die Nacht* arbeitete, kam mir die Idee für diese Geschichte.
Ich habe ein gutes Jahr lang alle Einzelheiten sorgfältig durchdacht und viel Mühe in die Vorbereitungen gesteckt. Deshalb ist es für mich sehr bewegend, dass meine damalige Idee nun in Form eines Buchs Gestalt angenommen hat.

Das Phantom der Oper diente mir zwar als Vorlage, aber mit anderen Charakteren und Handlungen wandelt sich auch die Geschichte. Da sich die Story hier ganz anders entwickeln wird, können sowohl Fans des Originals, als auch alle, die zum ersten Mal mit dem *Phantom der Oper* in Berührung kommen, die Geschichte ganz neu erleben!

Ich hoffe, wir sehen uns in Band 2 wieder ...

Merci

Famiri	Shimo-P
Yukichi	Ma-nya
Moyashi	Ume-san
Miyo-shi	Yu-chan
Sivashin	
	und alle anderen

♥ **Fanpost** ♥

Shogakukan, Cheese! Redaktion
an Mio Nanao
2-3-1 Hitotsubashi, Chiyoda-ku,
Tokyo 101-8001, Japan

3. Akt »Di tanti palpiti«

S'io l'ho nel cor.

Oh nein, das Lied geht zu Ende.

Ich war augenblicklich ganz ergriffen.

Ihr Klang dringt bis in meine Seele.

So etwas habe ich noch nie empfunden.

Ich möchte weiter lauschen!

Huch!

Erröt

I... Ich verstehe, was du mir sagen wolltest.

Es ist wirklich wie ein ganz anderes Stück.

Es klang so aufrichtig.

Christine?

Als ob diese Gefühle nur mir gelten würden ...

Wie?

Wapp

Gut, ich werde versuchen, es dir gleichzutun!

Meine
Brust
...

Du willst
doch nicht
wirklich meine
Hand auf deine
Brust legen?

Swipp

So lieder-
lich bin
ich nicht!

Fast
hätte ich
etwas Un-
anständiges
getan!

Nein!
D... Das
war nur ein
Ausdrucks-
mittel!

Swipp

Hm?

Swupp

ススッ

Swipp

He!

Gut, das klingt auch eigenartig...

Könntest du mal still-halten?

Keine Sorge, ich berühr dich nur ganz kurz.

...

Pack

Verzeih, aber ich kann dir nicht ge-statten, mich zu berühren.

Ist dir etwa Körperkontakt zuwider ...?

Aber warte mal!

Oh ...

Oh.

Du selbst hast mich doch berührt!

Ich tu wirklich nichts Anrüchiges!

Die Sorge habe ich auch nicht.

Warum nicht?!

Unsere Haut würde sich berühren.

Was für eigenwillige Regeln!

Berührungen mit bloßen Händen sind tabu.

Ich trage auch Handschuhe.

Nein, hat er nicht!

Das ist nicht wahr! Gestern hast du meine Hand geküsst ...

Ist das ein Scherz?!

Ich habe dich noch nie ohne Stoff dazwischen berührt.

むかぁ~~~

Grummel

Erik,
du Stur-
kopf!!

Es ist
schon
Abend.

Seufz

In Ord-
nung.

Du bist es
doch, die ihren
Kopf durch-
setzen will.

Wie, so soll ich bleiben?!

Erröt

Dein Haar hat sich im Verschluss verfangen.

Halt still, ich befreie dich.

Sieh nicht hoch, sonst berühren wir uns noch.

War-te ...

Es ist genau wie bei Vater.

Ganz ruhig, Christine.

Er ist wie ein Vater! Ein Vater! Ein Vater!

Warum verhält sich Erik seinerseits so ungeniert?!

Liegt es an seiner Unbedarftheit?!

Moment mal! So hat mich kein Mann mehr gehalten ...

... seit ich mich als Kind an Papa geschmiegt habe.

Oh.

Sst

Ich hätte einfach den Verschluss lösen sol-len.

Ach, du wolltest doch gerade etwas sa-gen.

Ist dir der Gedanke etwa schon früher ge-kommen?

Du warst auf ein-mal so still.

Warum hast du es dann nicht gesagt?

Ich ...

N... Na ja ...

Ähm ...

Ich habe mich plötz-lich an mei-nen Vater erinnert!

Früher hat er mich oft in den Arm genommen.

... und habe Trost in der Umarmung gesucht ...

Da fühlte ich mich an Vater erinnert ...

Dabei war es doch ganz anders als bei Vater!

So eine mitleidheischende Ausrede.

Ich Dummkopf, was rede ich denn da?!

Dann ...

...

Verstehe.

... habe
ich dir doch
versprochen,
alles anzu-
nehmen.

Ah ...

*Warum
nur ...?*

*Er singt
gerade nicht
einmal.*

Wenn ich jetzt diese Hand ergreife ...

... und berührt etwas tief in mir.

Und doch dringt seine Stimme in mein Herz ...

... werde ich ...

Seufz

Schon gut.

Nun gut.

Ich danke dir für deine Fürsorge.

Pling

... aber ich erhoffe mir nicht dasselbe von dir.

Ich sagte zwar, ich würde alles annehmen ...

Versteh mich nicht falsch.

Ich ver-
stehe.

Es tut
mir sehr leid,
dass ich dir
Ungemach
bereitet
habe.

Ich
verab-
schiede
mich für
heute.

Adieu.

Ich werde
mich daran
halten ...

... also
sei bitte wei-
terhin mein
Lehrer.

Sst

Klack

Rumpel

Rumpel

Zur Notre-Dame des Victoires bitte.

Ich war schrecklich heute.

Dabei war Erik so freundlich zu mir.

... wallen denn in dir nie Gefühle aus deinem tiefsten Inneren auf?«

»Bekommst du manchmal Herzklopfen und willst jemanden unbedingt be-rühren?«

»Christine, sag ...

Warum erinnere ich mich jetzt daran ...?

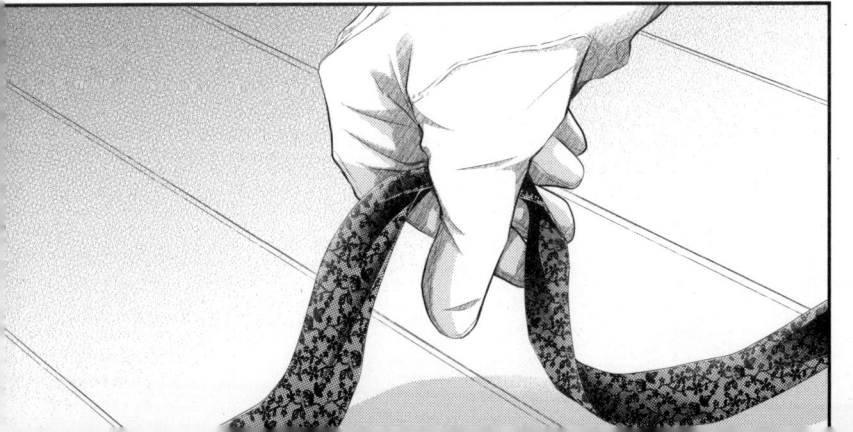

Ich habe sie verletzt ...

Aber sie darf es niemals erfahren.

Die abscheuliche Wahrheit unter dieser Maske.

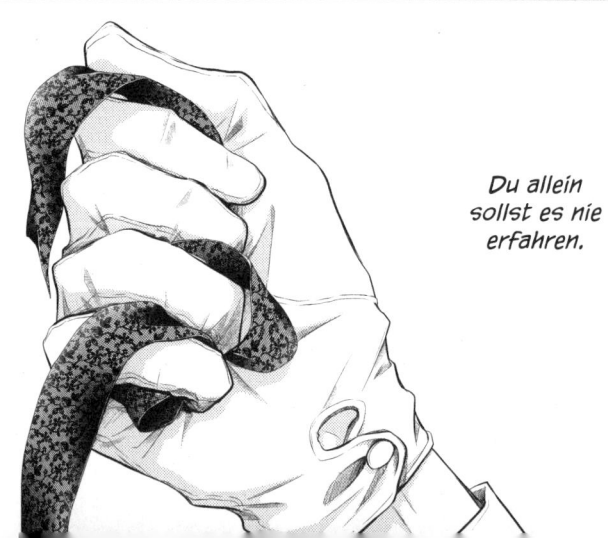

Du allein sollst es nie erfahren.

Christine.

An mein geliebtes Phantom der Oper ① *Ende*

An mein geliebtes
Phantom der Oper 2

Das erwartet euch im nächsten Band!!

An mein geliebtes

Phantom der Oper

Profil

Mio Nanao wurde am 29. Januar in der
Präfektur Hyogo geboren, die im Westen an die
Präfektur Kyoto grenzt. Sie hat das Sternzeichen
Wassermann und die Blutgruppe 0. Ihr Erstlings-
werk *Masshiro na Sekai** wurde im März 2008 in
der Sonderausgabe der *Cheese!* veröffentlicht.
Die Künstlerin ist auch derzeit für die
Cheese! sehr aktiv.

Nachricht

*Ich hätte nie gedacht, dass ich mich einmal
an so eine berühmte Geschichte wagen würde ...
Manchmal frage ich mich, was ich mir dabei gedacht
habe. Meine übliche Katze wirkte hier zu knallig, daher
habe ich zum ersten Mal seit meinem Debüt das
Profilbild geändert! Jetzt ist es eine Katze im
Phantomstyle! Ich hoffe, ihr habt alle viel Spaß
mit dem Phantom à la Nanao!*

An mein geliebtes

Phantom der Oper

TOKYOPOP GmbH
Hamburg

TOKYOPOP
1. Auflage, 2025
Deutsche Ausgabe/German Edition
© TOKYOPOP GmbH, Hamburg 2025
Aus dem Japanischen von Miryll Ihrens

SHINAINARU F E Vol. 1
by Mio NANAO
© 2022 Mio NANAO
All rights reserved.
Original Japanese edition published by SHOGAKUKAN.
German translation rights in Germany, Austria, Liechtenstein
and German speaking areas in Switzerland, Belgium,
Italy and Luxembourg arranged with SHOGAKUKAN
through VME PLB SAS.
Original Cover Design: Kaoru KUROKI + Bay Bridge Studio

Redaktion: Nora Hoos
Lettering: Vibrant Publishing Studio
Herstellung: Mathias Neumeyer, Nils Bornemann
Druck und buchbinderische Verarbeitung:
CPI–Clausen & Bosse GmbH, Leck
Printed in Germany

Wir achten auf die Umwelt.
Dieses Produkt besteht aus FSC®-zertifizierten
und anderen kontrollierten Materialien.

Alle deutschen Rechte vorbehalten. Nachdruck, auch auszugs-
weise, verboten. Kein Teil dieses Werkes darf ohne schriftliche
Genehmigung des Verlages in irgendeiner Form reproduziert
oder unter Verwendung elektronischer Systeme verarbeitet,
vervielfältigt oder verbreitet werden.

ISBN 978-3-7593-0306-6

I ♥ SHOJO

少女漫画が大好き

Erlebe die Welt von I LOVE SHOJO und tauche ein in ein buntes, romantisches und verspieltes Vergnügen auf www.iloveshojo.de!

News und Infos rund um die wunderbare Welt der Shojo-Titel von TOKYOPOP!

Euer VIP-Bereich mit exklusiven Inhalten!

I♥SHOJO
少女漫画が大好き

ShoCo Cards

ShoCo Card steht für **SHO**JO **Co**llectors **Card**.

Seit April 2014 erscheint jeden Monat ein neuer SHOJO Top-Titel, dem in der Erstauflage eine ShoCo Card zum Sammeln beiliegt. Außerdem erscheinen zwischendurch auch ganz spezielle ShoCo Cards – wie zum Beispiel die Halloween ShoCo Card im Halloween Pack von *Scary Lessons*!

Die Vorderseite ziert eine hübsche Illustration zum jeweiligen Manga und auf der Rückseite findest du einen Steckbrief und Infos zu der entsprechenden Mangaka.

Auf dieser Seite erfährst du, in welchem Manga die begehrten **ShoCo Cards** beiliegen und in welchem Monat sie erscheinen. Aber beeil dich, wenn du alle Karten sammeln möchtest: Nur in der Erstauflage sind die Karten enthalten!

Alle   2022   2023   2024   2021   2020   2019   2018   2017   2016   2015   2014

Áugust 2024: Black Marriage, Band 01

Juli 2024: Marmalade Boy, Band 01

Juni 2024: Though I am an Inept Villainess, Band 01

 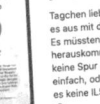

Mai 2024: Animal Crossing: New Horizons – Unbeschwertes Inselleben

April 2024: Shunkan Lyle, Band 01

März 2024: Magic Circle Chrono Canon, Band 01

Kontakt

Du erreichst uns jederzeit unter: iloveshojo@tokyopop.de.

Neue Fragen aus der Community

Hey liebes i Love shojo Team, ich wollte fragen wie es mit einem Nachdruck von Marmalade Boy aussieht, da ja diesen Monat Marmalade Boy little erschienen ist. gefragt von Monja

Tagchen liebes ILS-Team, wie schaut es aus mit den neuen ILS-Postkarten? Es müssten ja ab Juni 3 neue herauskommen, aber im Webshop ist keine Spur davon. Verspäten die sich einfach, oder fallen die aus, oder wird es keine ILS Postkarten mehr geben? :O
gefragt von Nika

Hey liebes ILS-Team! Wann wird ca. das neue Yomimono veröffentlicht? Freue mich schon auf die Leseproben! Vielen Dank!
gefragt von Kathi

Interviews, Fanart, ShoCo Card Übersicht und noch vieles mehr erwarten euch!

Folge uns auch auf
f www.facebook.com/iloveshojo
🅾 tokyopop_iloveshojo
🐦 iloveshojo@tokyopop.de

Du bekommst von uns nie genug?

Entdecke tokyopop.de und shoppe die neusten Manga-Hits direkt bei uns.

Das gibt's Neues bei TOKYOPOP

Lesetipps für den Herbst

Damit ihr in der dunklen Jahreszeit gut mit passendem Lesestoff versorgt seid, haben wir ein paar Tipps und Aktionen für euch!

Die TOKYOPOP Roadshow

Wir freuen uns sehr, euch anzukündigen, dass Ende des Monats die »TOKYOPOP Roadshow« startet!

Neuerscheinungen

Sword Art Online
Progressive - Barcarolle
7,99 € *

Wise Man's Grandchild,
Band 08
7,50 € *

Regelmäßig neue Prämienartikel!

Abonniert jetzt unseren Newsletter und verpasst keinen Release mehr!

www.tokyopop.de

Gratis-versand ab 35€ Bestell-wert!

Lieferung pünktlich zum Erscheinungs-termin!

News aus dem Verlag und die aktuellen Youtube-Clips direkt auf der Website!

Folge uns auch auf

f www.facebook.com/TOKYOPOP.GmbH

⊙ www.instagram.com/tokyopop_deutschland

▶ https://www.youtube.com/user/TOKYOPOPde

www.tokyopop.de

Leseproben, Poster, interessante Artikel und alle Infos zum aktuellen Programm – mit unserem Magazin bist du immer bestens informiert!

Gratis!

Im Handel und auf tokyopop.de

www.tokyopop.de

TOKYOPOP®

読み物 Yomimono

Auch digital erhältlich!

www.tokyopop.de

VERLIEBT IN DIE NACHT

Mio Nanao

Verhängnisvolle Erbschaft

Obwohl Yoru erst 17 Jahre alt ist, trägt sie bereits viel Verantwortung: Nach dem Tod ihres Großvaters erbt sie das Familienanwesen, in dem sie nun mit Dienstmädchen Tomiko und Kater Tomo lebt. Eines Tages steht Akito vor ihrer Tür, den sie aus Kindertagen kennt und aus dem inzwischen ein attraktiver Anwalt geworden ist. Er schlägt ihr vor, sie zu ehelichen und in Rechtsfragen zu unterstützen, damit kein anderer Verwandter ihr das Anwesen streitig machen kann. Doch obwohl die Heirat mit Akito der letzte Wille des Großvaters ist, bezweifelt Yoru, dass sie ihm vertrauen kann ...

www.tokyopop.de

MAGIC CIRCLE CHRONO CANON

Kyoko Kumagi

Das neue Werk von *Chocolate Vampire*-Autorin Kyoko Kumagai!

Kano lebt in einer Welt, in der Magie zum Alltag gehört. Doch da sie lange Zeit eingesperrt war, hat sie nie gelernt, mit ihrer eigenen Kraft umzugehen. Als der Junge Toma sie nun mit an die staatliche Zauberakademie nimmt, sorgt das für Probleme – denn wenn Kano die Kontrolle verliert, kann das schnell gefährlich werden. Allein Toma scheint in der Lage zu sein, ihren dämonischen Fähigkeiten Einhalt zu gebieten ...

www.tokyopop.de

ELIANA – PRINZESSIN DER BÜCHER

Yui Kikuta / Yui / Satsuki Sheena

Die düsteren Seiten der Aristokratie

Die Familie von Eliana Bernstein ist als eine belesene Dynastie bekannt. Eines Tages möchte Prinz Christopher Eliana zu seiner Verlobten machen und ihr Zugriff auf die königliche Bibliothek gewähren. Auf Rat ihres Bruders willigt Eliana ein und verschlingt am Hof des Prinzen ein Werk nach dem anderen. Mit ihrem umfangreichen Wissen steht sie vielen Menschen im Palast zur Seite, sodass sie rasch hohes Ansehen genießt. Doch noch ahnt Eliana nicht, dass ihr Leben bald selbst einer Tragödie gleichen wird ...

www.tokyopop.de

DIE ROTHAARIGE SCHNEEPRINZESSIN

Sorata Akizuki

Die Geschichte vom Mädchen mit dem apfelroten Haar!

Shirayuki eilt der Ruf voraus, von seltener Schönheit zu sein.
Kein Wunder, dass Prinz Raji ein Auge auf sie geworfen hat und
sie zu seiner Konkubine machen will. Doch statt sich dem Be-
fehl des Prinzen zu beugen, schneidet sich Shirayuki lieber ihre
Haarpracht ab und flieht ins Nachbarland. Dort lernt sie den
Jungen Zen kennen, der sich als der zweitgeborene Prinz des
Königreichs Clarines entpuppt ...

www.tokyopop.de

YONA – PRINZESSIN DER MORGENDÄMMERUNG

Mizuho Kusanagi

Episches Abenteuer einer tapferen Heldin

Yona ist die Prinzessin des Königreichs Koka. Als ihr Vater König II eines Nachts von ihrem Cousin Su-won ermordet wird, flieht sie mit ihrem Leibwächter Hak aus dem Palast, bevor die Soldaten Su-wons sie ergreifen können. Doch mit dem Leben außerhalb ihres Schlosses ist Yona bisher nicht vertraut. Und auch dort scheint die Gefahr beinahe überall zu lauern ...

www.tokyopop.de

FUSHIGI YUUGI 2IN1
Yuu Watase

Die Neuauflage des zeitlosen Shojo-Klassikers!

Die Freundinnen Miaka und Yui entdecken in der Stadtbibliothek ein altes chinesisches Buch. Neugierig lesen sie die ersten Zeilen und erfahren von den Abenteuern eines jungen Mädchens im sagenhaften Land Kounan. Als sie umblättern wollen, fängt plötzlich die Erde an zu beben. Wie von Zauberhand werden die beiden in den verstaubten Schmöker gesogen ...

www.tokyopop.de

THOUGH I AM
AN INEPT VILLAINESS

Ei Ohitsuji / Satsuki Nakamura / Kana Yuki

Turbulenter Körpertausch am Palast!

Im Land der Poesie sind alle Augen auf die schöne und gütige Prinzessin Kou Reirin gerichtet, denn sie gilt als Favoritin des kaiserlichen Thronfolgers Ei Gyomei. Als sie jedoch von ihrer eifersüchtigen und von allen verachteten Rivalin Shu Keigetsu von einem Turm gestoßen wird, findet sie sich plötzlich in deren Körper wieder! Überwältigt stellt die zuvor schwache und gebrechliche Prinzessin fest, wie gesund und stark sie auf einmal ist. Daran scheint sie sich allerdings nicht lange erfreuen zu können, denn in Keigetsus Körper steht ihr nun die Hinrichtung bevor!

www.tokyopop.de

KAMISAMA KISS

Julietta Suzuki

Ein spritziges und zugleich romantisches Fantasy-Abenteuer

Als ihr spielsüchtiger Vater plötzlich die Biege macht, sitzt Nanami auf der Straße! Zum Glück überlässt ihr ein seltsamer Fremder sein »Haus«. Dieses entpuppt sich als Schrein, in dem es von Geistern wimmelt. Nanami wird zur Schreingöttin erklärt, sehr zum Leidwesen von Götterdiener Tomoe, der aus dem Schulmädchen eine echte Gottheit machen muss. Ab sofort ist Schluss mit dem stinknormalen Schülerinnenalltag!

www.tokyopop.de

SHUNKAN LYLE
Arina Tanemura / Yui Kikuta

Dream Walker

Yoichi hat seit Jahren denselben Traum: Ein Prinz namens Linkanel wird am Tag seiner Volljährigkeitsfeier vom Wassergott entführt, nachdem dieser seinen Leibwächter und seinen Hund umbringt. An genau dieser Stelle endet der Traum, in jeder einzelnen Nacht. Erst als Yoichi einen Wahrsager trifft, schöpft er Hoffnung zu erfahren, wie der Traum weitergeht. Denn der mysteriöse Fremde überreicht Yoichi eine magische Münze, die er des Nachts neben sein Kopfkissen legen soll, um das Ende des Traums zu sehen. Gesagt, getan! Doch dann öffnet Yoichi seine Augen in der fantastischen Welt von Linkanel!

PRINZESSIN SAKURA

Arina Tanemura

Kämpf für dein Glück!

Prinzessin Sakura lebt als Vollwaise auf einem Berggut weitab der Hauptstadt. Von Geburt an ist sie Prinz Ora versprochen, doch als eines Tages der Abgesandte Aoba erscheint, um sie in die Hauptstadt zu geleiten, nimmt Sakura die Beine in die Hand und flieht. Auf ihrer Flucht wird sie jedoch von einem menschenfressenden Yoko überfallen! Sakura erfährt, dass sie die Enkelin der legendären Mondprinzessin Kaguya ist und daher allein die Macht besitzt, den Monstern Einhalt zu gebieten!

www.tokyopop.de

HÜTERIN DER DRACHEN

Ritsu Aozaki / Asagi Orikawa / Akito Ito

Melissa und das Geheimnis des blauen Drachen

Melissa arbeitet als Drachenpflegerin am Königshof von Yvart. Dass sich die mächtigen Kreaturen von jemandem, der kein Ritter ist, umsorgen lassen, ist jedoch ungewöhnlich. Melissas guter Freund Hubert, Kommandant der Drachenritter und Herr der Drachendame »Weiße Königin«, sagt ihr eines Tages ganz offen, dass er den Palast verlassen und mit ihr aufs Land ziehen will. Melissa sieht dies als Chance, mehr über wilde Drachen zu lernen, und willigt ein. In der neuen Heimat wird ein blaues Drachenei in ihre Obhut gelegt ...

www.tokyopop.de

SHUKA – A QUEEN'S DESTINY

Fujiko Kosumi

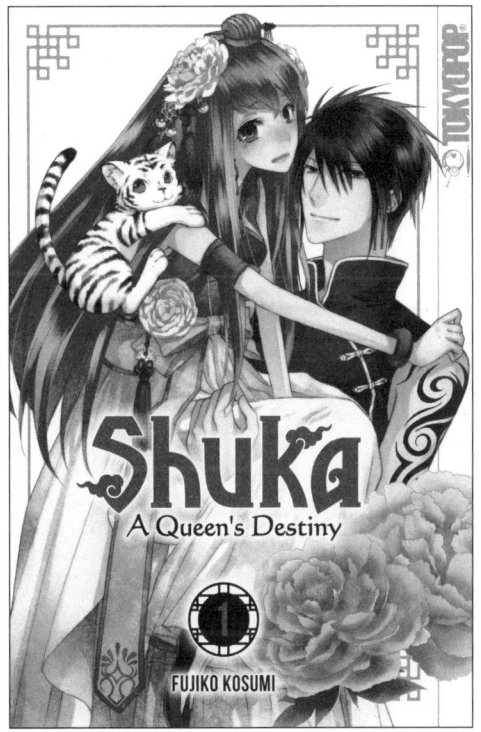

Heute eine Heulsuse, morgen eine Königin?!

Shukas friedliches Leben als Königstochter ist vorbei, als ihre Familie einer grausamen Krankheit erliegt. Ab sofort muss sie sich ihrem Schicksal stellen und das Reich regieren, das ihr Vater ihr hinterlassen hat. Shukas Unerfahrenheit im Umgang mit Menschen und ihre Unwissenheit über das Leben im Allgemeinen motivieren den Offizier Zen, zu ihrem Mentor zu werden. Doch auf ihrem beschwerlichen Weg bleibt Shuka keine andere Wahl, als der Welt ihre besondere Kraft zu offenbaren ...

www.tokyopop.de

THE SAINT'S MAGIC POWER IS OMNIPOTENT

Fujiazuki / Yuka Tachibana / Yasuyuki Syuri

Magie und Monster im Königreich Slantania

Sei wird nach einem langen Arbeitstag von einem grellen Licht umhüllt und findet sich in einer Parallelwelt wieder. Schuld daran ist das »Ritual zur Beschwörung der Heiligen Maid«. Jene Maid soll die Kraft besitzen, die in diese Welt einfallenden Monster auszulöschen. Mit Aira Misono ist noch eine zweite Frau erschienen, die prompt zur Auserwählten bestimmt wird. Doch nachdem Sei ihre magischen Fähigkeiten entdeckt, glauben ihre Mitmenschen fest daran, dass sie die Heilige Maid ist.

www.tokyopop.de

THE SAINT'S MAGIC POWER IS OMNIPOTENT – THE OTHER SAINT

Agu Ao / Yuka Tachibana / Yasuyuki Syuri

»Ich soll dieses Land retten?«

Als die Highschool-Schülerin Aira Misono eines Abends noch kurz zum Supermarkt will, wird sie von einem grellen Licht umhüllt und findet sich plötzlich in einer Parallelwelt wieder. Dort wird sie prompt zur Heiligen Maid erklärt, die die in diese Welt einfallenden Monster auslöschen soll. Aira versucht, sich mit ihrer Situation anzufreunden. Unterstützung erhält sie dabei vom Kronprinzen des Reiches, Kyle Slantania. Doch ist Aira wirklich die Heilige Maid? Denn an jenem Abend ist noch eine weitere junge Frau erschienen – Sei Takanashi. Was hat es damit auf sich?

www.tokyopop.de

STOPP!

**Dies ist die letzte Seite des Buches!
Du willst dir doch nicht den Spaß verderben
und das Ende zuerst lesen, oder?**

Um die Geschichte unverfälscht und original-
getreu mitverfolgen zu können, musst du es
wie die Japaner machen und von rechts nach
links lesen. Deshalb schnell das Buch um-
drehen und loslegen!

So geht's:

Wenn dies das erste Mal sein
sollte, dass du einen Manga
in den Händen hältst, kann dir
die Grafik helfen, dich zurecht-
zufinden: Fang einfach oben
rechts an zu lesen und arbeite
dich nach unten links vor.
Viel Spaß dabei wünscht dir
TOKYOPOP®!